*« S'il fait beau, nous nous amuserons.
S'il pleut, nous nous amuserons encore plus. »*

Felix Mendelssohn

Légendes

Emmanuel Guibert

La mer à la campagne

Aux deux Robert,
Robert Mallet &
Robert de Bosmelet

Aire Libre

Introduction

Cet ouvrage est une édition revue et augmentée de *La campagne à la mer*, paru successivement en 2002 et 2007. Il y a gagné un nouveau titre que je ne suis pas allé chercher bien loin. J'écrivais à l'époque, en guise d'avant-propos :

Les dessins de ce livre sont extraits de mes carnets de croquis. Ils témoignent de nombreuses promenades aux environs de Dieppe. J'y mets aussi quelques paroles échangées avec des inconnus pendant que je dessinais. Je les ai notées juste après que la personne eut tourné les talons, parce qu'elles me plaisaient, pour m'en souvenir. On oublie tout de suite, sinon, les mots des gens qu'on ne croise qu'une fois. Le fait de les noter, non seulement les conserve, mais restitue l'allure de ces gens, l'heure qu'il était, le temps qu'il faisait, le paysage alentour. Cinq ans après, grâce à cette petite discipline, un type croisé vingt minutes au coin d'un champ et jamais revu peut devenir une sorte d'intime. Il faut dire que les gens parlent volontiers à quelqu'un qui dessine. D'abord parce qu'un dessin en train de se faire, c'est irrésistible, on veut toujours voir ça. Et puis, le croquis, ce n'est pas intimidant. À vrai dire, il n'intimide ni celui qui le fait, ni celui qui le regarde. Il est dans un petit cahier qu'on trimballe sous le bras, qui circule de main en main.

Chaque dessin est solidaire des autres : si on en arrache un, tout le cahier fiche le camp. Derrière un bon dessin, il y en a un mauvais et les deux se trouvent valorisés de leur voisinage. Aucun ne finira pendu. D'ailleurs, ils n'appellent pas tellement de jugement de valeur. Ce sont plus des moments que des dessins. En voyant tel ou tel, je revois la route que j'ai fait traverser à un ver de terre pour éviter qu'on l'écrabouille. Je revois une mère, pull bleu marine, pantalon moutarde, bottes, dont je me suis dit : plus tard, l'un de ses deux enfants, le plus attentif, se souviendra du pantalon moutarde. Je revois, sur la plage, un crabe ouvert comme le capot d'une voiture, avec un peu de pulpe restée dans le réseau du cartilage. Je revois ces tapis de moules qui donnent la sensation, quand on les foule, de piétiner du crumble. J'entends Lulu, après avoir bâillé, me dire : « Un bon bâilleur peut en faire bâiller dix. » Je revois des taupes accrochées par le museau aux pointes d'un grillage, avec leurs mains si ressemblantes aux nôtres. Je revois une petite vipère enroulée à mes pieds qui m'a laissé dessiner l'orée de la carrière de sable pendant une bonne demi-heure et m'en aller sans rien me dire. Je revois la 4L. Je revois, la nuit, une serviette-éponge rose dans le faisceau de ma lampe de poche qui ressemblait, sur l'herbe, à un corps allongé. Et cætera.

Les croquis sont à peu près les seuls dessins de soi qu'on aime revoir. C'est agréable de les publier, ça élargit le cercle des amis à qui on dit : « Tiens, regarde, ces temps derniers, j'ai fait ça. » Pour les besoins de ce livre, j'ai confié les carnets à Frédéric Lemercier, un copain de toujours qui les connaît bien. C'est lui, en tandem avec moi, qui a sélectionné les dessins, les a ordonnés et mis en page. Merci beaucoup Frédéric.

Emmanuel Guibert

Louis attention tu vas gêner le monsieur mets ta main plate comme ça pas comme ça il te la mangerait avec Louis je t'ai déjà dit qu'on n'arrache pas une plante avec la racine mais ne lui donne pas de terre tu veux qu'il soit malade les orties ça va te piquer tiens tu vois il n'en veut pas c'est bien fait Louis ne retire pas l'herbe au moment où il va la prendre c'est méchant qu'est-ce que tu dirais si on te faisait la même chose Louis regarde où tu vas tu vas rentrer dans le monsieur mais non il n'est pas nerveux c'est toi qui le rends nerveux faut pas faire de gestes brusques voilà comme ça non ça suffit maintenant bon alors rien qu'une poignée la dernière allez au revoir monsieur

Oh regarde hé ils sont tordants on dirait qu'ils s'approchent pour voir le papier le dessin du monsieur ah oui exactement et regarde l'autre qui passe sa tête dans la barrière attends tiens on va le caresser il est gentil fais attention mais non il est gentil qu'est-ce que tu veux qu'il m'arrive là beau cheval tu es un beau cheval oh oui c'est un beau cheval ça madame tiens je vais lui donner un peu d'herbe là voilà oh t'as vu elle en veut pas de ton herbe elle a tout recraché c'est dommage qu'on n'ait pas l'appareil dis donc mais c'est qu'elle va avoir un petit oui ah oui on dirait bien qu'elle est enceinte tu vas avoir un bébé ma belle ah non regarde c'est un garçon ah zut elle lui avait pas vu la zizouquette dis donc pourtant il y a de quoi faire mais moi je regarde pas ces endroits-là qu'est-ce que tu crois allez au revoir monsieur

On était sortis tous les deux pour une promenade sous le ciel gris. Tu devais avoir cinq ans à tout casser. On a pris, main dans la main, le chemin de l'église et la descente vers la valleuse. Tu me racontais un jeu auquel tu jouais à l'école, tu étais intarissable. Et très drôle. Je te relançais, te posais des questions. J'ai décidé de faire la promenade longue, le parcours par la forêt, en me disant qu'il serait toujours temps de te porter si tes jambes en avaient assez. Quelques rafales de vent nous sont passées dessus. Le sous-bois s'est assombri. Je me suis demandé si j'étais en train d'agir en père responsable et ce que je ferais si nous étions surpris par une grosse ondée.

Tu avais ton imperméable avec capuche mais je n'avais pas pris de parapluie. L'atmosphère fraîchissait de minute en minute et les bourrasques toujours plus fortes troussaient les feuilles et faisaient couiner les arbres. Je croyais entendre déjà le crépitement des gouttes. Une sorte de nuit tombait sur nous. J'étais de plus en plus inquiet d'avoir agi à la légère. Nous étions loin de la maison.

Tu continuais ton babil, indifférente à cette tempête. Elle n'existait pas. Ta main toujours dans la mienne, tu te concentrais sur ton récit. Il ne pouvait rien t'arriver. À l'abri dans notre conversation, tu t'en remettais aveuglément à moi pour tout le reste.

J'ai d'abord eu honte de cette confiance dont je ne me sentais pas digne, tout en continuant à l'alimenter de mon mieux avec un calme affecté.

Et puis, il s'est passé ceci que toi, petit être fragile dans cette grande forêt, tu m'as rassuré.

Nous sommes sortis de ce conte des frères Grimm sans encombre et rentrés à la maison.

Tu as oublié cela dans la seconde, et moi, jamais.

Un avion dans le ciel, c'est d'abord une pointe Bic, puis une craie, puis un peu de pigment en poudre estompé au doigt, puis plus rien.

Le manoir d'Ango

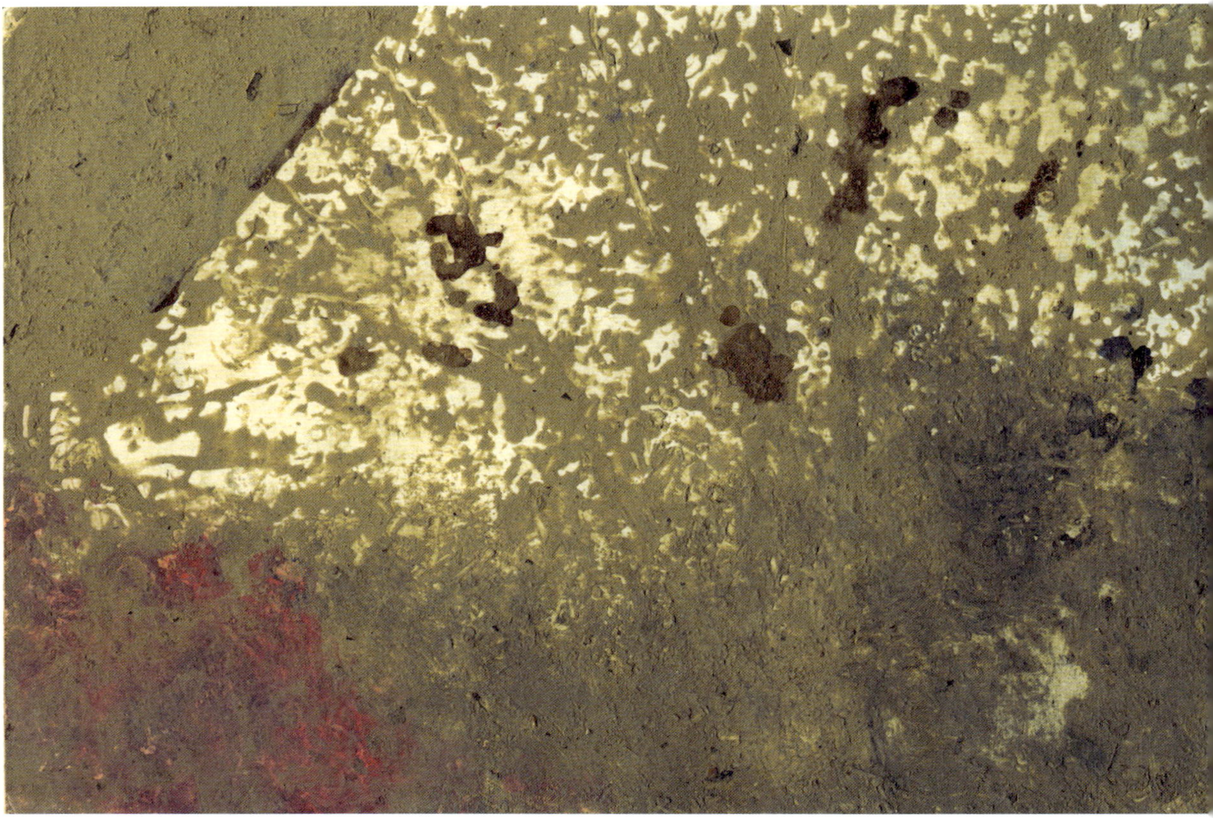

Savane
9802
NN 76

Henri
IV
NiKon

Joies et difficultés de l'existence (sur une affiche placardée par les enfants du catéchisme dans l'église d'Arques-la-Bataille)

Joies :

- Football
- Jeux électroniques
- J'aime lire
- C'était au batême de mon petit cousin je disais toujours je suis tros timide, mais j'ai pus quand même danser avec une fille
- Quand j'ai eut ma voiture télécomende
- le catéchisme

Difficultés :

- Con me mente et les animaux tuers
- Lavais la vaisselle
- le travail de l'école c'est la difficulté principale de ma vie
- Je saigne souvent du nez et ça me fait peur
- Quand mon grand-père est mort
- J'ai des dificultée en orthographe
- J'ai u une mauvaise note de controle en dictée a l'école et j'ai u un mauvai carnet. Mes parents mon grondés.
- C'était le soir du 14 guillets qu'il mais t'arriver une maladie alors se soir la je ne pouvais pas jouer alors j'étais enerver mais alors enerver

Méfi-té de ton pé, méfi-té de ta mé, méfi-té de ton fré, méfi-té de ta seu, méfi-té de ton ami.

- Et le Bon Dieu ?
- Ah, le Bon Dieu, non… Mais méfi-té quand même. (proverbe cauchois)

y en a qui sont mauvais mais lui il est loin d'être bon.
Allez on bouge les gars on bouge
on a perdu on a perdu
Reste dans ton but eh tu vas t'en encaisser un deuxième
c'est vrai le premier c'était sa faute il avait qu'à dégager au pied
Ah elle est belle la troisième division
oh la patate
(l'entraîneur qui vient de s'asseoir reçoit la balle en pleine figure. le public:)
Comme ça tu gueuleras moins fort !

Stéphane (s'adressant à moi) : « Et il a dessiné le château ? »
Moi : « Qui ça ? »
Stéphane (me désignant) : « Ben lui. »

Perché sur mon vélo, mes yeux ne sont pas exactement à la hauteur habituelle. Ça suffit à rendre tout différent.

Le plus beau, c'est de suivre une route en pente douce dans un sous-bois, quand le soleil du premier matin ou de la fin d'après-midi troue les feuillages.

Il y a, sur fond sombre, des taches de lumière en haut, en bas, à droite et à gauche, mais il n'y a plus de haut, de bas, de droite ni de gauche.

L'air qui entre par les narines me fait une pyrolyse complète de la tuyauterie.

Je glisse en roue libre dans un grand kaléidoscope, debout sur les pédales, tête hilare en avant.

En ce moment, j'entends Lucette tondre une des interminables pelouses en bordure du parc, au moyen d'une tondeuse dont elle m'a confié ce matin que pour deux pas en avant, elle lui en faisait faire cinq en arrière.

Je viens de croiser un couple dans le parc. L'homme m'a pris pour un gardien en uniforme (mon parapluie accroché par le manche à mon épaulette droite ressemblait de loin, paraît-il, à un galon) et m'a posé quelques questions sur l'endroit. Puis, comme sa femme, qui avait un peu d'avance, se retournait pour le rappeler à l'ordre, il m'a furtivement glissé une brochure évangélique en me disant : « Comme ça, vous n'aurez pas tout perdu. »

Lothar

Un après-midi d'automne 1999, je peignais dans la nature. J'avais un bois derrière, un pré devant.
Je regardais mon motif par le trou d'une haie devant laquelle j'étais assis sur un pliant, un carnet sur les genoux. Des bruits de pas, les bribes d'une conversation et les halètements d'un chien sont montés du bois. Subitement, un homme de dos s'est intercalé entre moi et la haie, à laquelle j'étais pourtant collé. Il est resté là une bonne dizaine de secondes, sans rien dire, bouchant ma vue avec sa grosse canadienne. Puis, il s'est retiré et j'ai entendu les pas et la conversation décroître vers la route de l'église.
Une vingtaine de minutes plus tard, même manège dans l'autre sens. Cette fois, l'homme a engagé la conversation dans un français jovial à l'accent allemand. Il était avec une jeune fille, la sienne, et leur golden retriever.
Après avoir trouvé ce type sans gêne, je l'ai trouvé sympathique. Je les ai invités chez moi à prendre un pot et une écuelle.

Lothar était né le 3 février 1945 à Oranienburg, au-dessus de Berlin, dans un blockhaus. Il évoquait très peu son enfance, sauf pour dire qu'il n'en souhaitait une semblable à personne. Il avait été élevé en secteur d'occupation soviétique, à l'ombre de ce qu'il appelait « L'enfer d'O'Burg », le camp de Sachsenhausen. Entre 1935 et 1945, les nazis y avaient entassé 200 000 prisonniers. Quand Lothar était petit, le camp était sous autorité soviétique et détenait 60 000 prisonniers. Impossible d'évaluer combien ce laminoir a tué de gens avant, pendant et après la guerre. Plus de 30 000 durant les dix ans nazis (où le camp était à la fois de concentration, de travail et d'extermination), plus de 10 000 durant les cinq ans soviétiques (sans travaux forcés, avec peu d'exécutions mais un abandon des détenus aux ravages de la faim et des épidémies).

Le château du XVIIe siècle de la princesse hollandaise Louise-Henriette d'Orange, dont la ville porte le nom, était devenu une ruine. Le parc, un champ d'orties (« Un champ d'orteils », écrivait Lothar, dans un lapsus macabre. « Il servait de pissotière aux Russes »). La seule couleur dont il se souvenait dans la grisaille de son enfance était le rouge omniprésent des drapeaux. Son père, négociant en tapis, avait disparu en fin de guerre, demeurant dans la famille sous l'espèce d'un portrait en uniforme militaire qui concentrait tout ce que Lothar n'aimait pas.

À neuf ans, il a attrapé la tuberculose. Une faiblesse cardiaque s'est révélée. Sa mère a obtenu de quitter le secteur soviétique pour le faire soigner, moyennant la séparation d'avec ses deux enfants aînés, Martin et Éléonore. La RDA, en juin 1953, laissait encore filer ceux qu'elle considérait comme indésirables.
Un petit tuberculeux menacé de mort devait entrer dans cette catégorie, à moins qu'il n'y ait eu une autre raison. Lothar, même très jeune, n'avait pas supporté ce que le régime communiste exigeait de lui.
La mère et le fils ont abandonné le Brandebourg pour un sanatorium de l'arrondissement de Reinickendorf, sous occupation française. Lothar se sentait coupable d'être malade, puisqu'on vit toujours cela comme une faute, mais aussi de briser sa famille. Sa mère multipliait les démarches pour entrevoir Martin et Éléonore de temps à autre, parcours administratif soumis à l'arbitraire, aux brimades et aux échecs.

Guérir de sa tuberculose n'a pas rendu Lothar beaucoup plus heureux. Au collège Bertha von Suttner, les autres élèves ne le croyaient pas lorsqu'il racontait ses premières années en secteur soviétique. Impossible de partager ses souvenirs. Oranienburg, bien qu'à trente bornes seulement, était désormais un autre monde. Il a pris l'habitude de ne plus rien en dire. Il s'emmerdait et peinait en classe, surtout en maths.

« Les professeurs ne nous motivaient pas, ils nous laissaient seuls dans cette matière aride. »
Comme beaucoup de mauvais élèves, il aurait pu fermer les écoutilles et attendre que ça se passe. Ce n'était pas son genre. Piqué au vif par ces enseignants dédaigneux qui énonçaient la règle sans s'assurer de sa compréhension, il s'est mis à rêver de pédagogie. Certains cancres font d'excellents profs, si les zéros ne tuent pas l'idée qu'ils ont de leur propre valeur.
Sa vocation d'enseignant est née là.

À la maison, tous les dimanches, un soldat du contingent d'occupation venait déjeuner. C'était rarement le même. Lothar pêchait des mots, par-ci par-là. Il s'est mis à aimer le français.

À ce point du récit, je dois convoquer mon ami Alan Cope, ancien G.I. auquel je consacre depuis trente ans une biographie toujours en chantier. Alan occupait la ville bavaroise de Ratisbonne, en 1945, avec la troisième armée américaine. Il était dans la peau du jeune soldat qui bouffe chez l'habitant (il y dormait, même, en contravention des règlements militaires) et apprenait l'allemand autour de la table de la salle à manger. Deux situations en miroir. Elles trouveront plus tard un point d'intersection.

Adolescent, Lothar était très beau.
Il sortait avec Ingeborg, une fille de sa classe, rencontrée le 1er avril de leurs quinze ans. Lui, c'était Alain Telon, elle, Prichitte Partot. Quand elle l'a plaqué, un surcroît de déprime est tombé sur ce Berlin où le mur se construisait.
Le salut est venu de ces initiatives qui ont inspiré, accompagné et suivi le traité de l'Élysée, dont un des buts était de rapprocher les jeunesses française et allemande. Parmi elles, figurait l'encouragement à la correspondance ; s'écrire des lettres, entre adolescents de même âge et de même sexe – l'époque voulait ça – de part et d'autre de la frontière.

Au lycée de Reinickendorf, les classes de français ronronnaient. « Mon professeur, qui voyait que la langue me plaisait, m'a proposé de me chercher un correspondant. J'ai trouvé l'idée intéressante, encore plus intéressante quand il m'a dégoté, par je ne sais quel régime d'exception, une correspondante. »
Au même moment, dans un collège de Rouen, Joëlle s'entendait formuler la même proposition anticonformiste par son professeur d'allemand : recevoir les lettres d'un garçon.
La première commençait par cette formule, qui sonnait comme une excuse mais dissimulait mal sa jubilation :
« Bonjour, je ne suis pas féminin. »

Cette correspondance devait se prolonger par un échange.
Lothar a été le premier à faire le voyage.
C'est là que j'ai le plus de plaisir à l'imaginer. Il a débarqué dans mon village normand, sur une route que je connais comme ma poche, tout près de laquelle je l'ai rencontré, trente-neuf ans plus tard.
Il paraît qu'il est arrivé si tôt, ce matin d'été 1960, qu'il a craint de réveiller ses hôtes. Il s'est baladé alentour, en attendant une heure décente pour frapper à leur porte. J'ignore où ses pas l'ont mené. Il est allé jusqu'à la mer, certainement. La pente que prend la route, à cet endroit, y invite. Quel qu'ait été le temps, il a dû trouver magnifique cette route sous les arbres. Elle a l'attrait des chemins qui mènent vers un beau littoral en le dissimulant. Le ciel devait s'éclaircir à mesure, entre les branches. Les oiseaux chantaient, puisque c'était l'aube, et la Manche mêlait ses effluves à ceux du sous-bois, si le vent était à l'ouest ou au nord.
Cet adolescent, qui en avait déjà tant bavé, quel devait être son trouble ! Loin de chez lui, hors d'Allemagne. Hors les murs. Seul. Chiffonné comme on l'est après une longue nuit de voyage. Débarbouillé par l'air frais. S'écartant de la maison où il reviendrait tout à l'heure rencontrer ces gens, cette jeune fille pour laquelle il en pinçait déjà. S'installer parmi eux,

auprès d'elle. Parler leur langue. Dans son trouble, mêlé à toutes sortes d'inquiétudes, il devait forcément y avoir du bonheur. Le bonheur, c'est quand on se raconte combien on va être heureux avant d'être, pas toujours démenti, mais toujours dérouté.
Il a dû remarquer la petite chapelle protestante, sur la droite, avant l'hôtel. De l'hôtel, il a vu la mer pour la première fois, au bout du champ. Puisqu'il était amoureux, il a dû être amoureux de tout. S'il est descendu sur la plage à marée basse, au sortir de ce chemin ombreux et domestique, il a été ébloui par l'immense ciel et la sauvagerie des falaises. Si la marée était haute, il est resté à mi-chemin de l'escalier, à la regarder battre les premières marches. Il est remonté par la valleuse, un peu ivre de grand air. Une bruine ou le soleil déjà haut l'accompagnait.
Avait-il aperçu, en descendant du car au petit jour, à l'embranchement avec la départementale, la casemate qui abritait une batterie d'artillerie antiaérienne à peine plus vieille que lui ? Des soldats allemands y étaient en faction la veille, semblait-il. Les blockhaus sont conçus pour être indestructibles et, de fait, même désaffectés, ils demeurent où on les a plantés. Il n'y a que la végétation pour les bouffer sans les digérer, en quoi ils sont le symbole par excellence de la guerre : un monument intact sous les herbes, aux remugles de pisse et d'humidité, qui a l'air de regretter les tueries d'hier et de mijoter celles de demain. Les compatriotes de Lothar, nés dans des maisons allemandes, étaient morts dans ces blockhaus normands. Lui, né dans un blockhaus allemand, venait vivre dans une maison normande.
Fin juillet 2013, j'ai pris le chemin de cette maison. Je m'étais annoncé, je pouvais frapper à la porte sans réveiller personne. Entre-temps, Lothar avait cassé sa pipe.
Jean-Pierre et Nicole m'ont reçu. J'ai vérifié une chose éprouvée en divers endroits du globe ; il fait bon entrer chez des gens inconnus qui ont fréquenté et aimé avant vous un ami mort.

Un ami mort est, la plupart du temps, un bon entremetteur. Il favorise la circulation de chaleur entre ceux qu'il aimait. Chacun possède un hologramme de cet ami, mais il n'a jamais que la dimension de notre souvenir. La mémoire, qui peine déjà à nous dire ce qu'elle sait, ne peut rien nous dire de ce qu'elle ignore : l'homme que cet ami était en notre absence ou avant que nous l'ayons rencontré. À plusieurs, cette dimension s'étoffe. On met côte à côte des silhouettes qui nous étonnent autant par leur coïncidence que par leur inadéquation. L'émotion de constater qu'on a connu le même homme n'a d'égale que la surprise d'apprendre qu'il était un autre.
Les morts, comme les vivants, n'ont pas la même présence à nos côtés selon qu'on est seul ou plusieurs. Ce qui s'approche le plus d'une résurrection, c'est le portrait d'un mort que quelques personnes de bonne compagnie dressent ensemble et sur lequel elles se rejoignent ou se contredisent. La vie de ce portrait se nourrit de l'entrain, des paradoxes de la conversation ; en rigolant, en s'émouvant, en imitant le disparu, en lui restituant ses défauts et ses qualités, en le prenant sans pincettes, on est au plus près de le revoir, assis en bout de table.

Jean-Pierre était là, ce matin de 1960 où Lothar a fini par frapper à la porte. Il y avait aussi son père, sa mère, et Joëlle, cousine élevée comme une sœur. Joëlle, la correspondante tant attendue.

Le pater familias a pris très activement Lothar sous son aile et l'a trimballé en 2CV dans la région, pour présenter la Normandie à Lothar et Lothar à la Normandie. L'apprentissage incluait le boire, le manger, le patois, l'histoire et les coutumes du pays de Caux. Sans négliger ce qui fait le prix d'un été quand on a quinze ans : les baignades, les promenades dans la nature, les tablées du soir sous la véranda, les jeux de cartes, les discussions infinies entre jeunes gens. Dans la maison d'en face vivait une famille avec trois fils, dont l'un, Gilles, avait l'âge de Lothar.

Un autre, Éric, deviendrait le mari de Joëlle. Lothar n'a donc pas épousé sa Cauchoise. Ça n'a pas empêché cette autre maison d'être un second asile amical pour Lothar, ni Gilles de devenir un ami très proche.
Le pli était pris.

Après une guerre, il y a des êtres que leur caractère et leur histoire personnelle disposent au rapprochement avec l'ancien ennemi. Ils sont là pour ça, en vertu d'un principe naturel, comme les globules rouges favorisent la cicatrisation.
En Normandie, outre les blockhaus qui étalaient leurs chancres un peu partout, les plaies étaient encore ouvertes vingt ans après le reflux des troupes allemandes. Personne n'avait oublié les malheurs de l'occupation, ni le déluge de feu qui s'était abattu sur la région.
« Chaque fois qu'on croisait un touriste allemand de plus de quarante ans, on se demandait ce qu'il avait fait pendant la guerre », m'a dit Nicole. J'ai retrouvé dans ce questionnement celui qui m'a poursuivi aussi longtemps que la génération de mes grands-parents a vécu : « De quel bord cet homme, cette femme étaient-ils pendant la guerre ? Comment l'ont-ils vécue ? » Manière de s'interroger sur notre propre attitude le jour où la violence viendra nous débusquer.
J'ai compris à quelques allusions de Lothar qu'il avait essuyé de nombreuses rebuffades, en tant qu'Allemand, chez les commerçants ou au détour d'une rue. Il en conservait, à la fin de sa vie, une façon vibrante de dire de temps en temps, quand le contexte d'une conversation l'y invitait : « Vous voyez bien que les Allemands ne sont pas tous des salauds d'hitlériens. »
Sensible au charme de Lothar qui, avant d'être celui d'Alain Telon, était celui de la gentillesse, la mère de Nicole a réappris à faire la part des choses et des gens. Cette femme qui avait perdu trois frères pendant le conflit a surmonté, auprès de lui, sa réticence viscérale à frayer avec un Allemand.

Certaines personnes ont le don de nous extraire de nos préjugés pour nous inviter à les regarder telles qu'elles sont.

La deuxième fois où je suis allé chez Jean-Pierre et Nicole, Joëlle et Éric étaient là. Ils avaient fait le voyage depuis Caen. Nous étions cinq autour d'un café et de pâtisseries, l'occasion d'évoquer Lothar cuisinier. Il adorait mettre la main à la pâte pour ses amis. Chacun y est allé de son souvenir du gigot à la Lothar, des plats où il s'aventurait dans la gastronomie chinoise ou indienne. De sa fierté à constater une réussite, devant des assiettes torchées et des convives repus, à ses réactions d'amour-propre blessé quand la recette ne tenait pas ses promesses. Là encore, je retrouvais Alan s'activant autour de son wok, piquant les tomates et les patates avant de les enfourner, et le même enjeu vital du repas qui l'obnubilait certaines heures de la journée et agissait sur son humeur.
J'aimais bien cette expression de Lothar, en français dans le texte : « Mon gigot de dimanche dernier, il a fallu le défendre. »

Joëlle m'a raconté son premier voyage en Allemagne. Elle avait dix-huit ans. Un passage de quelques heures à Berlin-Est était prévu pour y rencontrer la famille restée de l'autre côté du « rempart anti-impérialiste ». Le déjeuner devait se tenir chez Martin, le frère aîné, qui avait mis les petits plats dans les grands. Au désespoir et à l'humiliation de Lothar, pour une sombre histoire de visa incomplet, ils ont été refoulés au check point. Demi-tour forcé. Il était fou de rage.
L'histoire épargne quelques personnes, en broie beaucoup et en fait chier plein. Elle n'a pas été loin de tuer Lothar dans son enfance et elle l'a sourdement fait chier toute sa vie.

Les années passaient, les séjours cauchois aussi. Lothar avait trois pays : les deux Allemagnes et la Normandie. Sa complicité s'était accrue avec son copain Gilles, devenu étudiant en anglais

à Rouen, qui rêvait de cinéma.
Accident ? Mal d'amour ? À vingt-deux ans, Gilles a pris le chemin qui mène à la mer et n'est pas revenu. Son père a retrouvé son corps le surlendemain, au pied de la falaise d'où il était tombé.

Après un drame, on meurt ou on vit. Si on vit, on s'en va ou on reste. Si on reste, on s'offre à la torture des objets et des lieux qui affichent partout l'absence du disparu. On s'expose à la hantise qui contamine tout, le chemin vers la mer, le portail, la boîte aux lettres, les arbres, le ciel, la chapelle, l'hôtel et le champ en contrebas qui, pas plus que nous, n'ont su le retenir et le détourner de son but.
Pourquoi reste-t-on ? Il y a une réponse par personne endeuillée. On ne peut pas faire autrement. On n'a pas le choix. Où aller ? Déplacer un malheur qui nous précéderait partout, à quoi bon ? Certains restent pour monter la garde sur les effets du défunt, attendent que le décor imperturbable lâche un signe, une explication.

La mère de Gilles avait appelé Lothar pour lui annoncer personnellement la nouvelle. Éric m'a dit : « Lothar est l'homme avec lequel elle aura le plus parlé. » Des années plus tard, ses enfants partis, son mari mort, elle finira par lui vendre sa maison à bas prix pour qu'il fasse souche en terre normande. Elle ira s'installer à Caen où il ira la voir fidèlement, jusqu'à sa fin.

Un paysage qui nous a gratifiés de ses quatre saisons, de ses baignades, de ses piqûres d'aoûtats, de ses huîtres et de ses pommes, d'un amour exalté et malheureux, des sensations aiguës d'être rikiki ou immense, un paysage où habitent des amis, où des amis sont enterrés, où est nichée notre maison, où nous guidons les premiers pas de nos enfants et leur apprenons à distinguer un chêne d'un hêtre, si ce n'est pas le nôtre, c'est que nous ne sommes pas destinés à avoir de port d'attache.

À la fin de ses années de lycée à Reinickendorf, Lothar avait découvert un autre pays, entre deux mers : le Schleswig-Holstein, tout au nord de l'Allemagne. Son bahut était jumelé avec celui de la ville d'Elmshorn. Lothar jouait au handball et les matches aller et retour favorisaient les échanges. Il s'en est souvenu quelques années après, quand il s'est rendu compte qu'il était plus difficile de devenir professeur à Berlin qu'ailleurs. En outre, ayant rencontré sa femme et désireux de fonder une famille, il l'a convaincue de ne pas élever leurs enfants dans cette ville emmurée où il n'avait jamais été heureux.
Ils se sont installés dans la région de Hambourg. Après avoir enseigné le français et l'histoire de l'art pendant des années au collège Gustav Heinemann d'Uetersen, Lothar en prendra la direction, ainsi que sa revanche sur la pédagogie froide dont il avait souffert. Il réduira le nombre d'élèves par classe, portera l'effort sur ceux qui ne s'adaptent pas à la norme et dont il faut solliciter le talent avec patience et invention. Il aimera cette vie, non sans suspendre au-dessus de son bureau une case agrandie et encadrée d'Astérix où un général romain en larmes se désespère : « Ils sont tous bêtes et je suis leur chef ! »
Lothar a connu deux fois dans sa vie les honneurs folkloriques de la télévision. Un concours allemand de rédaction en langue française remporté alors qu'il était jeune marié, vers le milieu des années 70, lui a ménagé un week-end prolongé en couple à Paris, tous frais payés, dont le point d'orgue était une journée avec le présentateur vedette Yves Mourousi. Un magazine de l'époque, en noir et blanc, montre les époux en brushing et pattes d'eph attablés avec l'homme pressé aux éternelles Ray-Ban.
Un ou deux ans avant sa mort, Lothar a participé à une de ces émissions de télé-réalité qui réunissent des flirts d'antan perdus de vue. L'attente de ce rendez-vous l'avait beaucoup remué. Il ne savait pas ce qui l'émouvait le plus, de la perspective de retrouver Ingeborg ou de revoir Berlin. Il faut dire qu'il était malade, à l'époque, et vivait seul après un divorce tardif.

J'ai reçu un DVD de ce programme. L'émission était tarte, comme il fallait s'y attendre, mais pas indigne. Lothar m'avait décrit avec beaucoup d'humour les dix ou quinze prises nécessaires aux « retrouvailles spontanées » des tourtereaux, jamais assez expressifs au goût du réalisateur. Je me rappelle être allé au Goethe-Institut de Paris, avenue d'Iéna, pour me faire traduire les témoignages de mon vieux Werther et de sa Charlotte. N'ayant pas plus de raisons de rester ensemble à quinze ans qu'à soixante-cinq, ils s'étaient séparés derechef après le tournage.

Le divorce de Lothar a eu raison de sa maison normande, qu'il a dû vendre. C'est le genre d'arrachement qui prélude à la fin et la précipite. Il s'est payé un camping-car avec le fruit de la vente, dans l'idée de revenir en pays de Caux, mais sa santé déclinante a rendu l'entreprise hasardeuse. Il gardait un fond d'optimisme, d'humour et surtout un désir effréné de ne pas être seul. On connaît le sort cruel de ceux qui cherchent éperdument une compagnie ; le plus souvent, elle les fuit.
Je recevais dans ses dernières lettres les photos de la maison, de la chambre, des plages, des plats en sauce qui m'attendaient. La vie s'ingéniait à me faire faire autre chose que le rejoindre du côté des îles de la Frise. Je le regrette.

Il est temps que je parle de la manière exubérante qu'avait Lothar de témoigner son amitié. Il écrivait des brassées de lettres illustrées de photographies, de coupures de presse, de dessins d'humour, passait volontiers des coups de fil (quand c'était moi qui l'appelais, il décrochait en déclinant son nom de famille, à l'allemande). Allemande aussi, sa contribution archi-ponctuelle aux anniversaires et aux fêtes carillonnées. J'utilise encore, comme vêtement de plage, une vareuse de pêcheur hambourgeois qu'il m'a offerte. J'ai dans ma bibliothèque une édition illustrée d'*Emil und die Detektive* et un recueil de dessins de Heinrich Zille que je lui dois. Il m'a copié sur CD la discographie complète

de Frédérik Mey, redevenu Reinhard Mey outre-Rhin après sa très abondante carrière francophone, exemple frappant d'auteur-compositeur-interprète torrentiel capable d'écrire et chanter dans les deux langues. Les étrangers francophiles ont parfois des passions pour nos chanteurs dont ils s'efforcent de raviver en nous le répertoire. C'est ainsi que Lothar m'envoyait du Gérard Lenorman, comme un copain slovène m'a replongé récemment dans Gilbert Bécaud.
Puisque j'en suis à énumérer ses cadeaux, je dois évoquer le plus extraordinaire qu'il m'ait fait.

Quand j'ai rencontré Lothar, j'avais perdu Alan Cope quelques semaines auparavant, mort d'un cancer à l'hôpital Saint-Louis de La Rochelle le 16 août 1999. J'étais en train d'achever le premier volume de cette trilogie intitulée *La Guerre d'Alan*, qu'Alan aura vu bien avancé mais pas achevé. À sa sortie, en avril 2000, j'en ai offert un exemplaire à Lothar, qui s'est enflammé pour ce bouquin. Il raconte l'appel du jeune Californien Alan Ingram Cope sous les drapeaux en pleine Seconde Guerre mondiale, sa préparation militaire à Fort Knox, sa traversée de l'Atlantique et son débarquement au Havre, le jour de ses vingt ans.
Lothar s'est tenu informé de l'avancée du deuxième volume et l'attendait avec impatience. Je le lui ai envoyé tout début 2002, avant qu'il soit en librairie. J'y dépeignais une ère qui coïncidait précisément avec sa naissance et quelques pages du livre racontaient l'entrée d'Alan en Allemagne, perché sur la tourelle d'un blindé, puis sa campagne de Bohême.
J'ai annoncé à Lothar que le troisième volume allait concerner l'occupation de l'Allemagne, en 45-46. Pour nourrir mon scénario autant que mes dessins, je voulais à toute force retrouver une famille qui avait hébergé Alan à Regensburg, les Rossbauer.
Alan avait frayé, au mess des soldats, avec deux petits joueurs d'accordéon : Klementine Rossbauer, seize ans, et son cousin Erich Hagl, dix-huit ans, qui l'avaient entraîné chez eux et avec

lesquels il avait correspondu jusqu'à la fin de ses jours. En 2003, Klementine avait soixante-quatorze ans, Erich soixante-seize, il y avait de bonnes chances qu'ils soient encore en vie.
Lothar m'a proposé spontanément de traduire les lettres que je rédigerais pour les joindre. Je lui ai confié ces lettres et il a mis des semaines à réagir. J'ai pensé qu'il avait d'autres chats à fouetter et prenait son temps. Quand il s'est finalement manifesté, il exultait. Non seulement il avait traduit mes lettres et pris l'initiative de les envoyer sans mon feu vert, mais avait reçu la réponse – à laquelle il fallait s'attendre – que les Rossbauer n'habitaient plus à l'adresse indiquée. Pas démonté, il avait enquêté, exploré quelques fausses pistes, essuyé quelques rebuffades, retrouvé enfin les descendants des Rossbauer dans un patelin de Bavière, leur avait téléphoné, raconté toute l'histoire, et il était fier de m'annoncer : « Ils t'attendent. »
Si je faisais le voyage de la Bavière, Erich me recevrait avec joie. Pour Klementine, ce serait plus délicat ; elle habitait aux États-Unis, au fin fond du Michigan, et ne venait plus en Europe.

Je raconterai peut-être un jour cette virée sur le Danube pour me faire ouvrir le « 1, venelle de la vache », dans l'ancienne Ratisbonne, adresse des Rossbauer en 1945. Ma rencontre avec ces gens. Ma longue correspondance avec Klementine et ce voyage de 2009 aux USA où je suis allé passer quelques jours auprès d'elle, juste avant qu'elle ne décède.
À l'origine de cette petite épopée dans les échos de laquelle je vis toujours, il y a le coup de pouce providentiel de Lothar.

Je traverse des forêts denses, où il ne pleut pas pendant les averses, mais après, quand le vent secoue les feuillages.

Il y a des arbres vivants qui doivent se coltiner des arbres morts,
tombés sur eux.

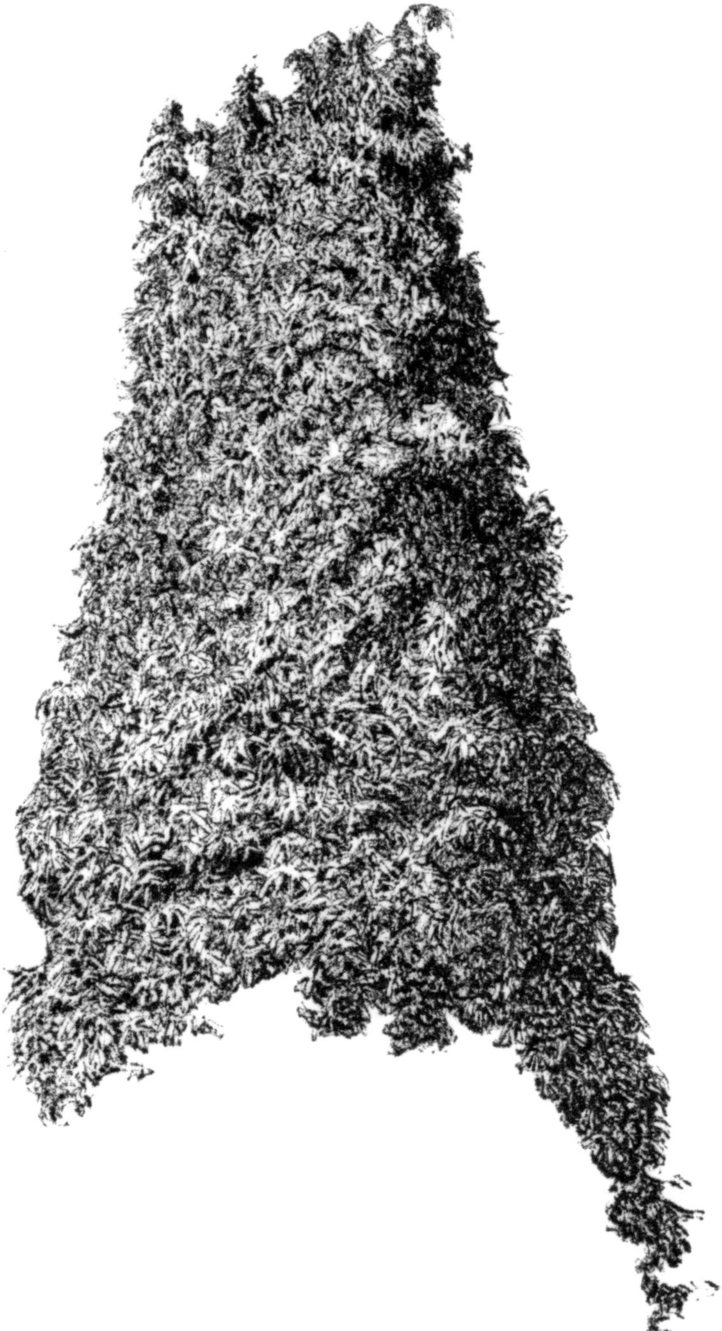

Les teintes grises et ocre de certaines pages de ce livre, comme celle en vis-à-vis, sont obtenues avec des argiles collectées dans des bauges.

Les bauges – mot gaulois – sont des sortes de baignoires que les sangliers creusent dans les sous-bois en roulant sur eux-mêmes pour se débarrasser des parasites et aussi, certainement, pour s'amuser. Leurs galipettes concassent l'humus et le mélangent à la boue. En résulte, surtout après la pluie, une fange mi-grumeleuse, mi-crémeuse qui ressemble à de la gouache.

La présence de silice lui donne des propriétés d'adhérence et d'imperméabilité étonnantes. L'odeur n'est pas mauvaise. Elle se travaille à la main, au pinceau, au rouleau, au couteau, à la pipette, à la douille de pâtisserie, à la poire à lavement. Tous les coups sont permis. C'est ainsi qu'on peint le pays avec la terre du pays.

La Manche va faire ses courses à Newhaven. Elle ramène un pneu déchiré, une sandale et un tambour de machine à laver. De retour sur la plage de Dieppe, elle s'avise qu'elle a déjà tout en double. Alors elle retourne en Angleterre pour les changer contre un jerrycan, un ballon de chauffe-eau crevé et une canette de bière.

Vous souvenez-vous de ce temps, quand les plages normandes avaient cessé d'être un champ de bataille où de jeunes Canadiens essuyaient des tirs allemands depuis les blockhaus, et n'avaient pas encore commencé d'être un embarcadère pour de jeunes Érythréens condamnés à se noyer au large ?

la villa Janine
Mordaël
gorge d'Ailly
les communes
l'église
vasterival
Pourville
La maison rose
L'huîtrière

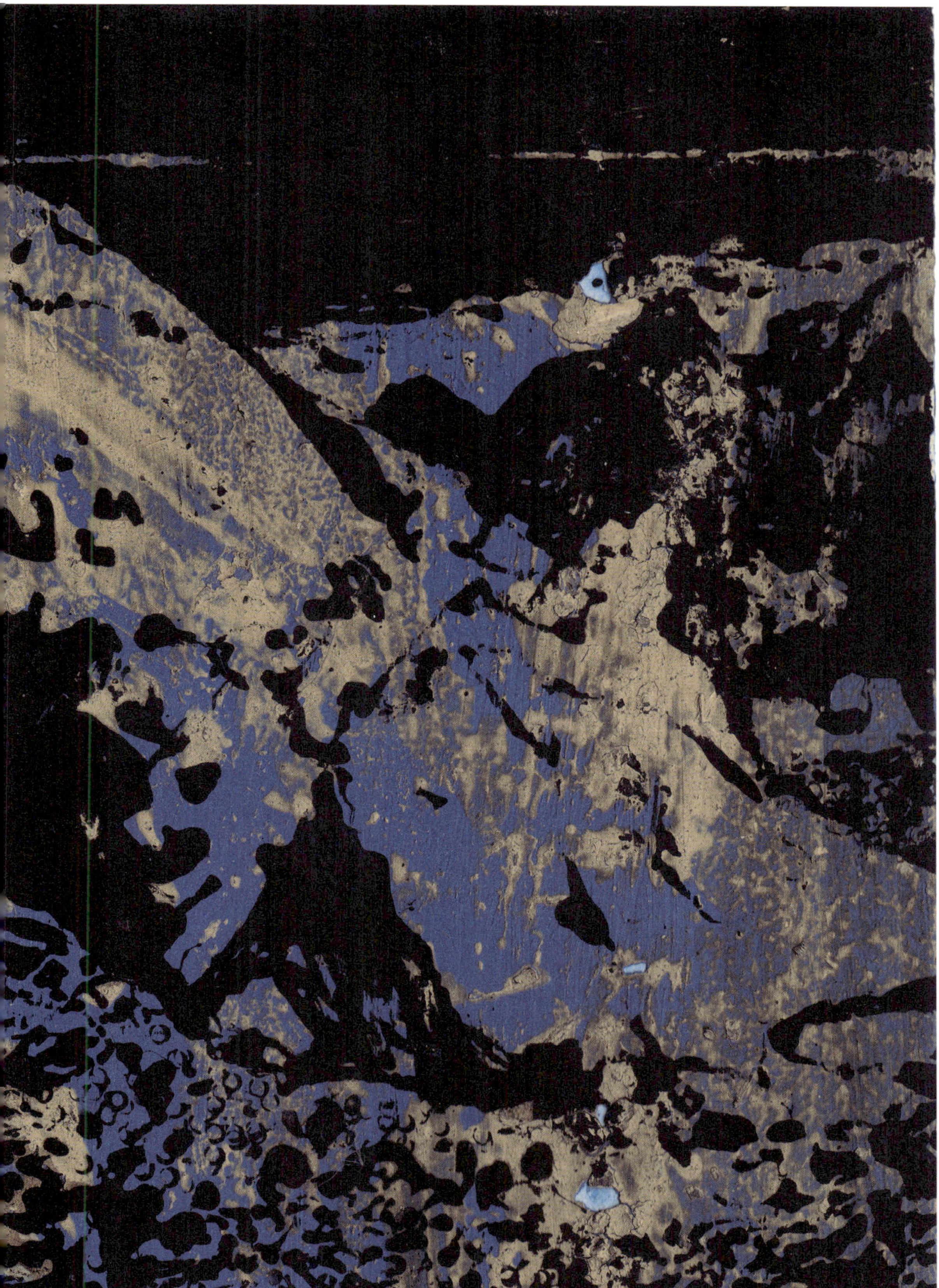

Un couple et son gosse vont pêcher à Vasterival.
Ils croisent en haut des escaliers un vieux narquois.
Le vieux : Oh là ! Mais tout le monde a son épuisette ! Ça va y aller dur !
Le père : On sait jamais. P'têt'qu'y aura qu'des papillons.
Le vieux : Ah ! C'est qu'c'est moins bon à manger.
Le père : Sûr.
Le vieux : Pour les bouquets, j'vous préviens, y'en a des bons et y en a des mauvais. Vous feriez aussi bien d'me les confier pis j'vous les testerai dans mon laboratoire.
Le père : On y pensera.

L'eau est tiède dans les trous, avec le soleil. N'importe comment, on est normand, habitué au froid, on n'attrape jamais rien, des fois on attrape, mais pratiquement jamais. Ce que je ramasse, là, c'est pour moi. Si des fois il y en a un qui veut que je lui vends, je lui vends, quinze francs le litre, mais sinon, c'est pour moi. Je suis là avec mon copain, c'est lui qui m'a amené. C'est important d'avoir un copain, un vrai copain, parce que tout seul, c'est dur. Lui, il est bien. Alors, n'importe comment, on s'arrange, il vient chez moi, il a les clefs, on regarde la télé, on fait à manger, des fois il reste coucher avec moi. C'est bien comme ça. Je lui dis : « T'as les clefs, tu fais tes petites affaires. » C'est un vrai bon copain. Autrement, j'ai pas à me plaindre, hein ? Les gens où je suis ils sont gentils, moi j'ai ma maison, tranquille. Je suis toujours propre, là j'ai les bottes, mais en haut à la voiture à mon copain j'ai de quoi me changer, il y en a ils sont bien qu'en dimanche, comme on dit, moi je suis tout le temps comme ça, chemise, les chemises aussi j'en ai de rechange, une chemise avec marqué Broadway blanche avec des raies et une autre avec des canards. Et puis on m'a donné des tee-shirts comme le bleu, là, en dessous, j'en ai deux autres dont un marron très bien, je fais attention, d'ailleurs quel âge vous me donnez ? Ben j'en ai cinquante et un. Là je me fais faire la teinture parce que je veux pas blanc, alors je fais pas de grosses dépenses, mais de temps en temps la teinture et puis bientôt je vais les faire refriser un peu. Mon copain il est d'accord. On vit bien. Pour le moment, j'ai la mobylette, si je veux j'aurai la bagnole l'année prochaine, tranquille.

J'ai mon fils, un de mes fils, il est au régiment et il m'a pas donné de nouvelles pendant vingt-quatre jours. Mais là, il a téléphoné. Il est pas loin, remarquez, il est dans l'infanterie à ***. D'ailleurs, il est même revenu, une fois. Mais là il m'a dit papa, non, petit papa, et moi j'y ai dit pourquoi t'as pas écrit ? Il me dit je sais que t'as pleuré mais j'ai pas le temps, n'importe comment ils sont en manœuvre et il me dit envoie-moi un mandat déjà il avait appelé ma femme enfin sa mère elle est à Yvetot et je lui dis je t'enverrai un mandat c'est normal mais quand tu m'auras écrit et que j'aurai reçu.

Mais mes enfants attention ils m'aiment, ma fille, mon autre fille, Olivier, il me dit papa, non, petit papa, encore maintenant, mon petit papa fais attention va pas trop loin quand tu nages on tient à ton corps on veut pas qu'il t'arrive quelque chose. C'est comme ça.

Mais nous on est normand, on connaît. Ma femme, Olivier, elle l'a eu une pleine lune, ça lui a fait, comment, ça lui a fait des contractions et moi j'ai dit c'est pas possible, c'est pas maintenant, et c'était vrai puisqu'il est né que le 23.

En ce moment, pareil, pleine lune, il fait sec, pouvez y aller vous aurez pas d'eau jusqu'à la fin de la semaine, après ça peut changer. Mais là, tranquille. OUAIS ! J'ARRIVE ! C'est mon copain qui m'appelle parce que c'est moi qui ai à boire. Alors quand même, hein ? On se serre la main. Au revoir, hein ? Bonne journée, monsieur. OUAIS ! J'ARRIVE ! J'ARRIVE !

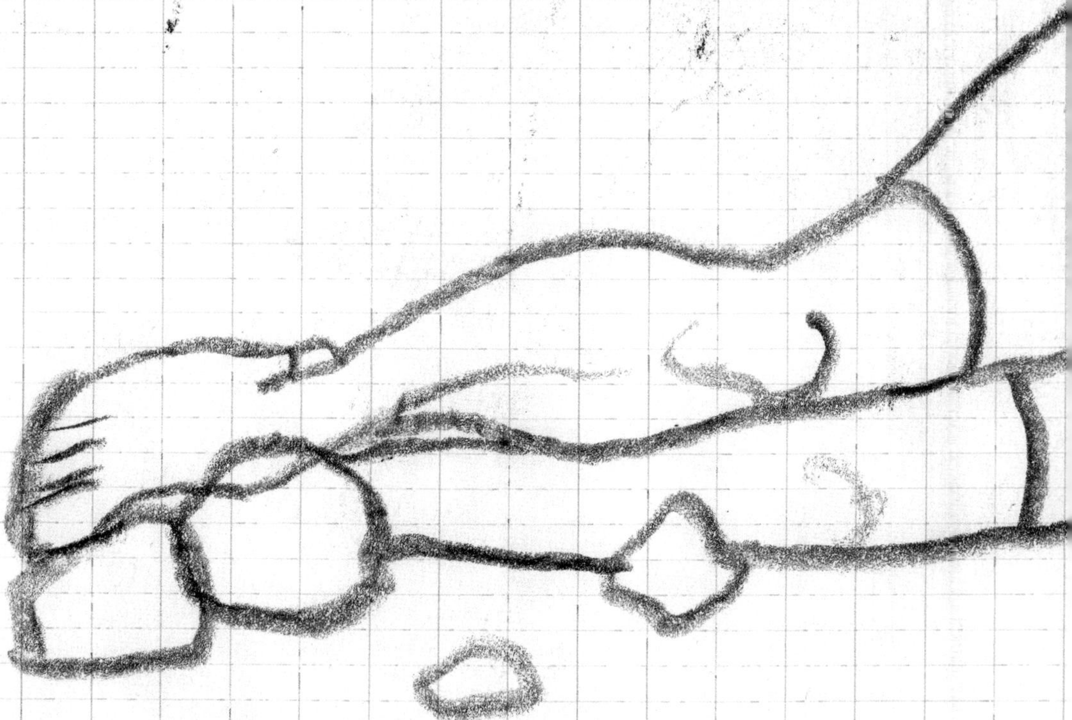

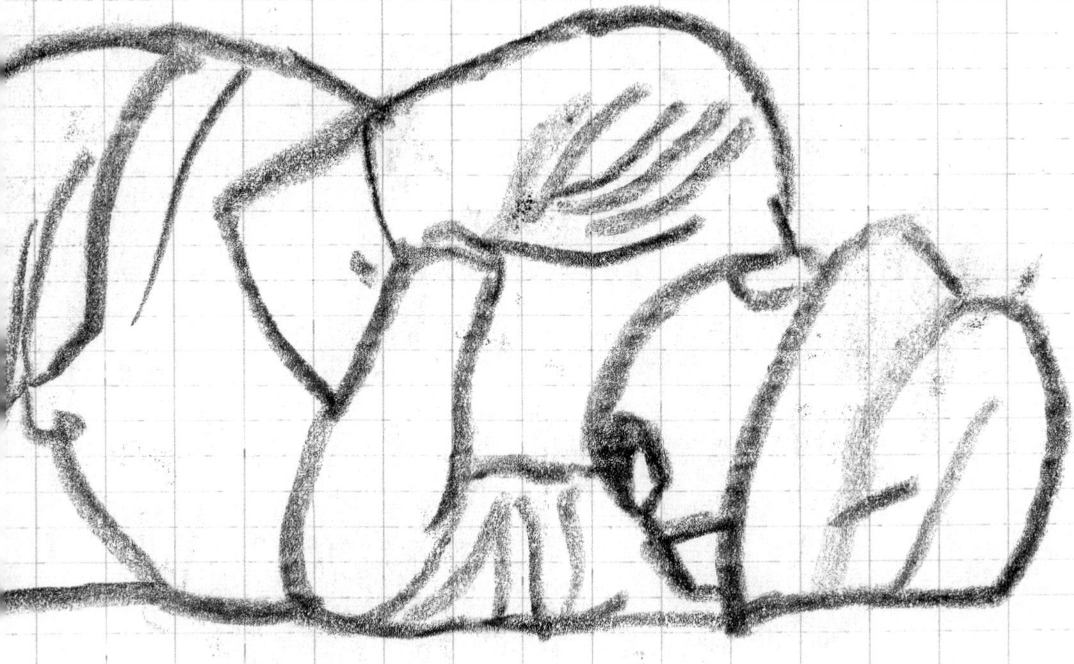

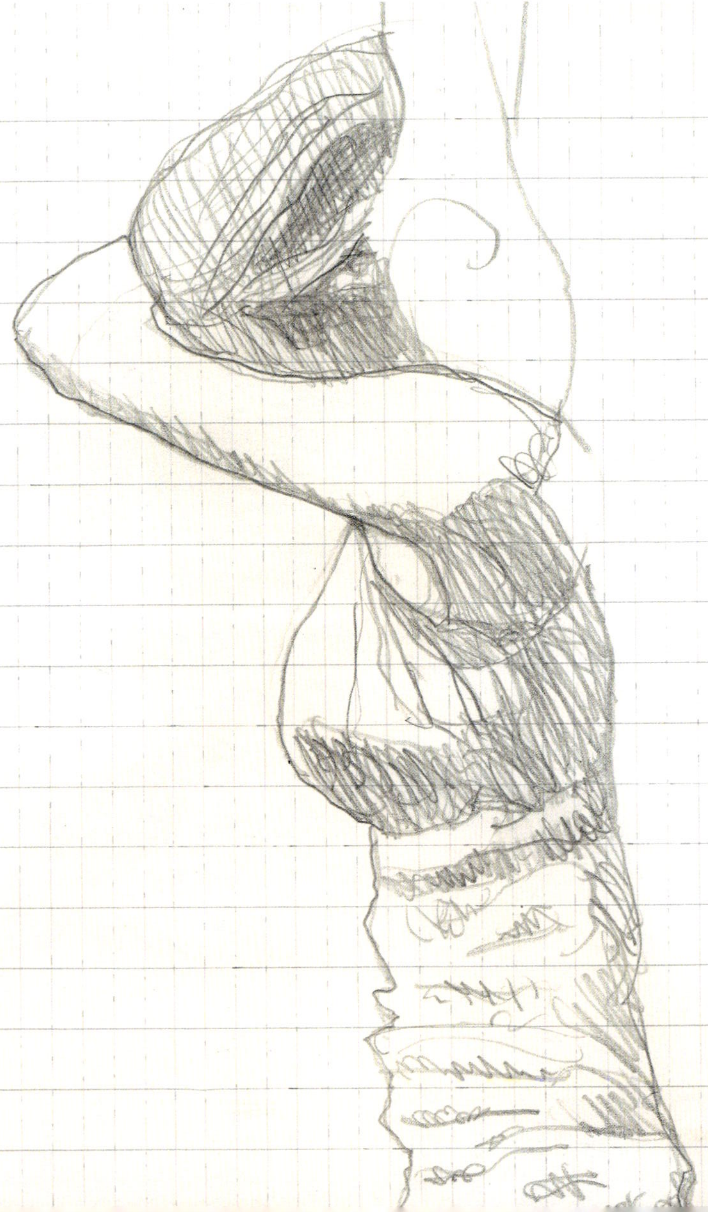

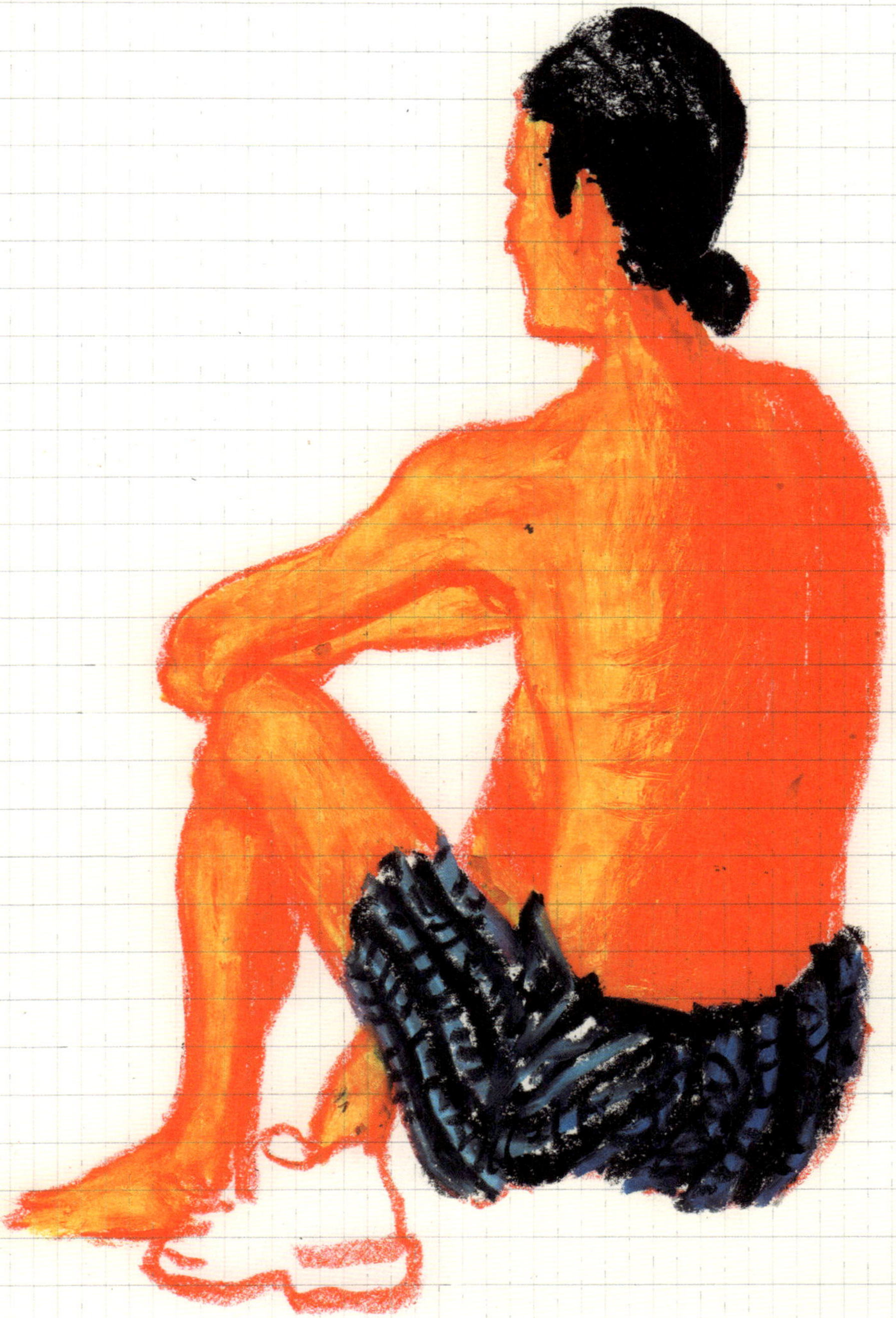

Les deux phrases qu'on entend le plus sur une plage normande :
(aux enfants) : « Arrête de jeter des galets ! »
(à la cantonade) : « Elle est froide, mais une fois qu'on y est, elle est bonne. »

Autres perles saisies à la volée :

« Quand j'étais dans l'eau, j'étais mal, mais maintenant que j'en suis sortie, je suis contente d'y être allée. »

« La mer est pas baisante, aujourd'hui. »

« La Manche, c'est comme les draps de lit, c'est toi qui la réchauffes. »

« Après le bain, j'ai le chauffage central pour la journée. »

« Viens nager, c'est le NIVARNA ! »

« En entrant dans la mer, tu as deux péages : les couilles et les aisselles. Et c'est comme sur l'autoroute Rouen-Paris, le premier est plus cher que le second. »

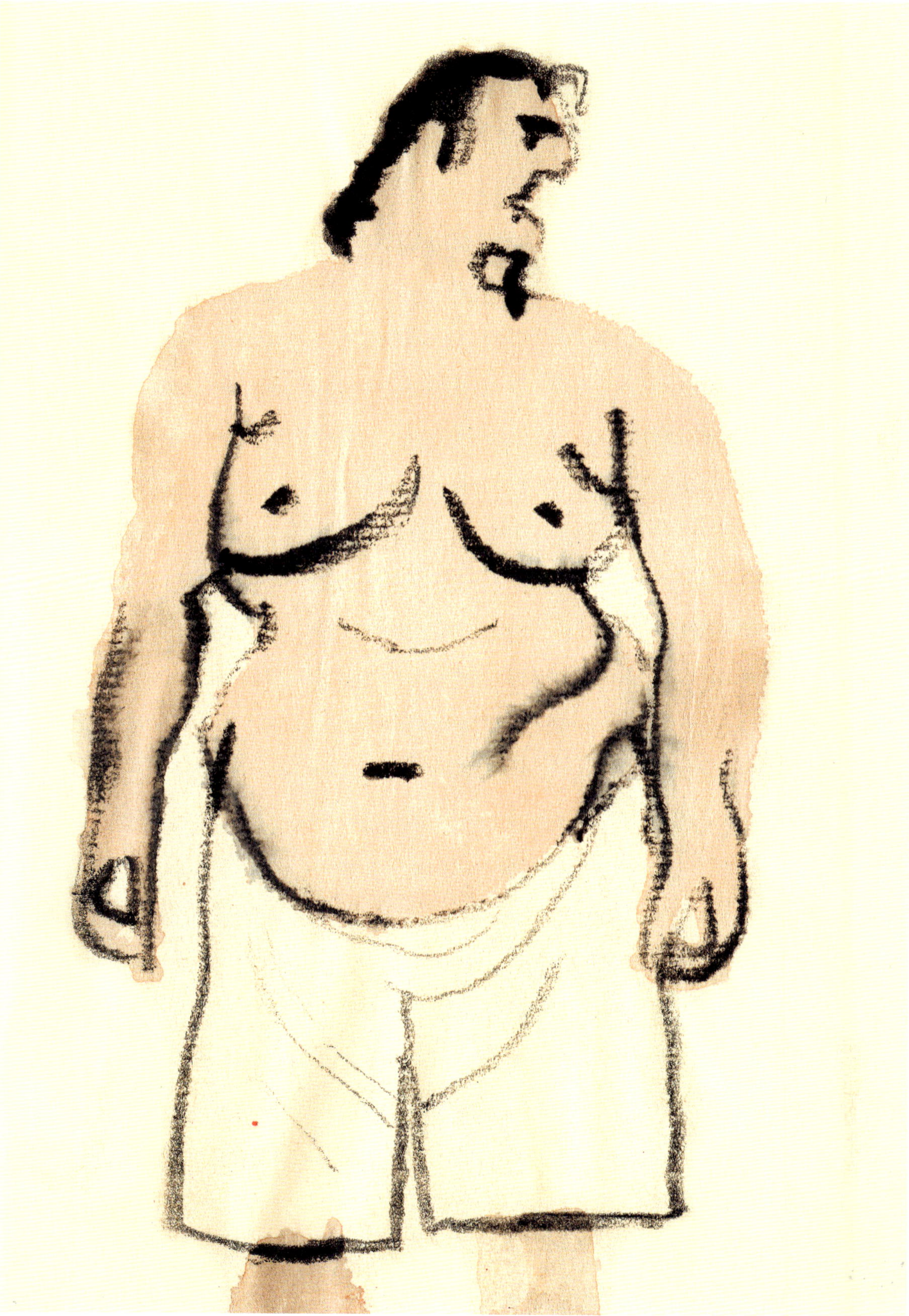

J'invite ma lectrice et mon lecteur à continuer cette balade en passant par Varengeville-sur-Mer, à huit kilomètres au sud de Dieppe. Allez-y en toute saison, mais revenez-y spécialement au mois de mai ou de juin. Visitez le manoir d'Ango et la précieuse collection d'hydrangea « SHAMROCK », animée par Corinne et Robert Mallet. Renseignez-vous à propos des quelques parcs qu'on visite sur rendez-vous, ils sont tous admirables. Pour celles et ceux qui aiment les potagers fleuris ; celui du château de Miromesnil près de Saint-Aubin-sur-Scie et celui du château de Bosmelet, près d'Auffay, à ne pas manquer. Enfin, tout simplement, descendez sur la plage entre Varengeville et Sainte-Marguerite, par la cavée de Vasterival et regardez les rochers qui sont là, en partant vers la gauche. Est-ce que ça n'est pas incroyable ?

Du même auteur, déjà paru
dans la collection « Légendes » :
Dessiner dans les musées
Dormir dans les transports en commun

Conception graphique :
Frédéric Lemercier.

Responsable de la photogravure :
Roman Gigou.

Ce livre est composé en Meridien,
imprimé sur Munken Polar 130 gr.

Dépôt légal : mai 2024.
D.2024/0089/288.
ISBN : 978-2-8085-0812-4.

Édition Dupuis s.a.,
rue Destrée 52,
6001 Marcinelle, Belgique.

Imprimé par Delabie
ZI La Martinoire
bd de l'Eurozone 9
7700 Mouscron, Belgique.

Achevé d'imprimer en avril 2024.

Certifié PEFC
Ce produit est issu de forêts gérées durablement et de sources contrôlées
PEFC
PEFC/07-31-234
www.pefc.org

www.dupuis.com